2022

제2회 한탄강문학상 수상작품집

부록 1. 제1회 한탄강전국백일장대회 수상작품
2. 연천 한탄강 관련 예술작품 자료

종자와 시인
박물관

2022

제2회 한탄강문학상 수상작품집

부록1. 제1회 한탄강전국백일장대회 수상 작품

부록2. 연천 한탄강 관련 예술작품 자료

발간사

제2회 한탄강문학상 수상 작품집을 발간하며

신광순(종자와시인박물관 관장)

한탄강 강물보다 빠른 것이 세월이고 저 하늘의 구름보다 변화가 심한 것이 인간의 마음임을 실감하면서 오늘 제2회 한탄강문학상을 되새겨봅니다.

한 번 마음 먹은 것을 지켜나가는 것이 한탄강의 가르침이고 사계절 변함없이 우리를 바라보고 있는 주상절리가 오늘도 우리에게 말 없는 조언을 하고 있네요.

문화라는 꽃은 혼자서는 피울 수 없고 여럿이 함께 가꾸고 키워나가야 꽃이 피고 열매가 맺음을 다시 한번 되새기면서 우리 함께 사랑의 씨앗을 뿌리고 가꿔나가기를 기원합니다.

어려운 시기에 고생하신 한탄강문학상 운영위원들과 연천군수님과 관계자 여러분께 입술을 깨물며 감사의 말씀을 올립니다. 감사합니다. 감사합니다.

2022. 10. 29

(재) 종자와시인박물관 관장 신광순

축사

제2회 한탄강문학상 수상작품집 발간을 축하하며

김덕현(연천군수)

우선 제2회를 맞이하는 "한탄강 문학상 수상작품집" 발간을 진심으로 축하드립니다.

코로나 팬데믹 3년째, 이제 정상적인 일상을 찾아가는 가운데 온 나라가 온통 축제장이 된 듯합니다. 우리 연천도 예외는 아니어서 "연천 구석기 축제", "장남 통일바라기 축제", "연천 국화전시회" 그리고 올해 처음으로 개최된 "연천 당포성 별빛축제"까지 열렸고 많은 분들이 연천을 방문해 주셨습니다. 곧이어 연천 농산물축제인 "연천율무축제"도 개최될 예정입니다. 풍성한 축제장에서 다시 한번 일상의 소중함을 생각해 봅니다.

한반도의 중심지역에 위치한 연천군은 지금은 비록 남북분단으로 인해 다양한 개발에는 제한이 있지만, DMZ, 한탄강과 임진강을 중심으로 어느 지역보다도 자연생태가 우수한 곳으로 지켜질 수 있지 않았나 싶습니다. 특히 한탄강과 임진강을 중심으로 유네스코 2관왕 도시로서 아름다운 자연생태를 배경으로 예로부터 수많은 문사 · 문인들이 예술적인 감성과 지식을 동원하여 연천을 표현해 왔습니다. 이번 한탄강 문학상에서는 연천의 자연과 더불어 역사와 문화 등을 소재로 한탄강의 비경이나 애환, 한반도 비극과 극복, 한반도 평화회복 내용 등을 주제로 공모한 것으로 알고 있습니다.

한탄강 문학상을 통해 숨겨진 연천의 새로운 콘텐츠를 발굴해 내고, 자랑스러운 연천의 가치를 널리 공유할 수 있었으면 합니다. 그리고 국민들의 문학창작 의욕을 지원하는 소기의 목적 달성 또한 이루어 나갈 수 있도록 한탄강 문학상이 더욱 번창 발전하기를 기원합니다. 끝으로 어려운 여건 속에서도 이번 행사를 위해 물심양면으로 노력해 주신 한탄강 문학상 운영위원회 위원분들과 (재)종자와시인박물관 신광순 관장님께 진심으로 감사드립니다. 감사합니다.

차 례

■ 발간사
제2회 한탄강문학상 수상작품집을 발간하며 / 신광순 · 4

■ 축사
제2회 한탄강문학상 수상작품집 발간을 축하하며 / 김덕현 · 6

제2회 한탄강문학상 수상 작품

1. 대상
지연구 한탄강 · 16
은대리성 산책로를 걸으며 · 18
두루미 테마파크에서 · 20
수상 소감 · 22

2. 금상
조현상 재인폭포 · 26
한탄강 · 28
역고드름 · 30
수상 소감 · 31

3. 은상
이윤훈 휴전선의 봄 · 34

입을 가진 벽의 내력 · 35
한탄강 · 37
수상 소감 · 39
안정숙 신망리역 김씨 · 42
임진강 그 너머· 45
전곡리 사과나무 · 47
수상소감 · 50
4. 동상
이옥분 진경산수 · 52
바람의 시간 · 53
고로지 강의 여름 · 54
손근희 아우라지 베개용암 강가에서 · 56
재인폭포 · 58
좌상바위 · 60
박종익 아름다운 이름이여 · 64
나이테는 흐른다 · 66
하얀 새 · 68
최혜영 청춘의 빛 · 72
바람에 흔들리는 호랑이 꼬리털 · 74
종자와 시인 박물관 · 76
김완수 주상절리를 바라보며 · 80

좌상바위에서 · 82
꺽정에게 · 84
■ 심사평 허형만(국립목포대 명예교수) · 86
■ 심사 경위 제2회 한탄강문학상 심사 경위 · 88

부록1. 제1회 한탄강전국백일장대회 수상작품

1. 학생부 초등부
* 운문 고학년 우수상
김주연 / 우리 친구 · 95
수상 소감 · 96

* 운문 저학년 우수상
이예은 / 친구 · 97
수상 소감 · 98
2. 일반부
* 산문 부문
– 우수상 이양희 / 용서 · 100
수상 소감 · 103
– 장려상 김은자 / 용서 · 105
– 장려상 김부회 / 청바지 친구들 · 107

* 운문 부문
– 최우수 김나경 / 한탄강 · 110
수상 소감 · 112
– 우　수 전청희 / 친구 · 114
수상 소감 · 115
– 우　수 최성자 / 용서 · 117
수상 소감 · 118
– 장　려 이명주 / 친구 · 120
– 장　려 서진우 / 용서의 강 · 121
– 장　려 이경민 / 용서 · 122
– 장　려 문지은 / 가을 내음 · 123
– 장　려 신순희 / 둘레길 그림 친구 · 125
– 장　려 양승연 / 단짝 친구 · 127

부록 2. 연천 한탄강 관련 예술작품 자료

1. 연천 한탄강 관련 노래 모음
1) 말 없는 한탄강 / 작사 한산도, 작곡 고봉산, 노래 이미자 · 131
2) 한 많은 한탄강 / 작사 작곡 이인권, 노래 이미자 · 132
3) 눈물의 한탄강 / 작사 작곡 정준희, 노래 송춘희 · 133
4) 한탄강 / 작사 작곡 장현준, 노래 신동화 · 134
5) 연천 부르스 / 작사 최병용, 작곡 이영만 · 136

2. 연천 한탄강 관련 문학작품 모음

1) 연천(漣川) - 四佳集補遺 / 서거정(徐居正) · 139

2) 도대탄(渡大灘: 한탄강을 건너다) / 김시습(金時習) · 140

3) 겨울 한탄강 / 이돈희 · 141

4) 한탄강 간이역 / 이돈희 · 142

5) 지뢰꽃 / 정춘근 · 143

6) 한탄강(漢灘江) 소묘 / 문한종 · 144

7) 돌밭에 갔다가 / 이아영 · 145

8) 마지막 열차를 보내고 / 이원용 · 146

9) 한탄강 침묵 / 신광순 · 148

10) 저 강은 알고 있다 / 신광순 · 149

11) 침묵 속에 떠내려간 애정의 세월 / 신광순 · 150

12) 한탄강 합수머리 / 신광순 · 151

3. 연천 한탄강 관련 사진 작품 모음 · 153

- 수록 작가 명단

장동식, 이경희, 이태곤, 김태현, 정준재, 이선우, 권명학
송대건, 박종환, 정채인, 이수경, 유빛나, 최임순

4. 연천 한탄강 관련 미술 작품 모음 · 161

- 수록 작가 명단

이태수

제2회
한탄강문학상
수상 작품

제2회 한탄강문학상 수상 작품

■ 대상

「한탄강」 외 2편

지연구

* 2014 충북작가 신인상 수상
* 2017 평사리문학대상 수상
* 2018 김만중문학상 은상 수상

한탄강

지연구

순담에서 드르니까지
비 내리는 십 여리길 잔도를 걷는다

할 말은 많으나 굳이 하지는 않겠다는
휴전선의 안쓰러운 속내를 품고 흘러온 물길을
굽이치는 물살을 만들던 한탄강의 여울목이
말없이 받아 주고 있다

나보다 몇 걸음
구부정하게 앞서가는 노년의 사내
아우라지에 모여 동그랗게 어울려 춤을 추고 있는
북쪽에서 떠내려온 진달래 꽃잎 몇 장을
두고 온 가족인 듯 바라보고 있다

한탄恨歎과 한漢탄灘 사이
쌍 자라 바위와 강물 사이

태초의 모습으로 솟아있는 절리와 절리 사이
울긋불긋한 옷차림의 사람과 사람 사이
노인의 속 모르는 빗줄기는 더욱 기승을 부린다

어쩌면 애초부터
이 땅과 저 하늘 사이 공중에는
선을 긋지 못한다는 불문율이 존재했는지도 몰라
그래서 사람들은
동쪽에서 서쪽의 끝, 서쪽에서 동쪽의 끝 땅바닥에
세상에서 가장 암울한 단어로 육백 리 긴 선을 그어놓고
이별을 만들고
아픔을 만들고
눈물을 만들고
그리움을 만들어 애통해하고 있지만
땅과 하늘의 경계 사이 아찔하게 매달린 출렁다리를
위태롭게 건너는 노인의 발아래로
나는 다 이해하고 용서한다는 듯
한탄강 푸르고 푸른 물은 유유히 흐르고 있다

은대리성 산책로를 걸으며

지연구

퇴로를 없애 버린 성
은대리성의 산책로를 걷습니다

길옆 곳곳에는 군사 훈련하던 고구려 병사들처럼
개망초꽃들이 오와 열을 맞추고 도열해
나를 반겨 줍니다

한여름 낮의 땡볕 아래를 훈련하듯 걸어가자니
목은 마르고 땀은 비 오듯 흐릅니다
가방에서 물병을 꺼내 한 모금 마시려는데
목이 마른 개망초 병사 하나가 애처롭게 바라봅니다
얼마 남지 않은 물이었지만 공평하게 나누었지요
물을 얻어 마신 개망초 전우의 응원을 받으며
다시 길을 나서 봅니다

동쪽의 개활지에서는 무너진 성벽을 보수하는지

개미며 무당벌레, 이름 모를 수많은 벌레들이 무성한 잡풀들 사이에서
부지런히 토목공사를 하고 있습니다
매미들은 힘찬 군가로 사기를 북돋아 주고
군악대를 자처한 메꽃들은 일제히 나팔을 불어 댑니다
나도 그들에게 손을 흔들어 응원을 보내며
저 멀리 고지의 끝
남벽 전망대를 향해 진격을 합니다

절벽 위의 전망대에서 바라보는 한탄강
어서 빨리 집으로 돌아가고 싶던 고구려 병사들도
이곳에서 한탄강을 바라보며 부모님과 고향을 그리워했겠지요
퇴로가 없는 은대리성
승리 아니면 죽음밖에 없었던 병사들의 간절함을 기억하는
한탄강은 그 모습 그대로 여전히 흘러갑니다

한탄강 굽이치는 푸른 강물 위로
집으로 돌아가지 못한 고구려 병사들의 넋을 위로하듯
개망초꽃 몇 송이를 던져 봅니다

두루미 테마파크에서

지연구

'뚜루루루 뚜루루루'

아빠 두루미가
이제 막 날갯짓을 시작한 새끼의 늦잠을 깨운다
무엇을 먹고 무엇을 먹지 말아야 하는지
천적으로부터 어떻게 살아남아야 하는지
가르쳐야 할 것이 많은 아빠는 오늘도 마음이 급하다

오늘 배워야 할 것은
임진강 습지에서 먹이 구하는 법
아빠 두루미가 날개를 둥그렇게 펼치고 시범을 보인다
다리 사이에서 꼬물거리는 송사리들에게
한눈을 파는 새끼를 타이르며
임진강변의 다슬기
차탄천의 물고기
연천의 율무 맛이 얼마나 맛있는지

쩝 입맛을 다셔가며 일장 훈계를 한다

아무르강으로 긴 월동 비행을 떠나려는지
차곡차곡 여행 준비를 마친 엄마 두루미가
석고 모형의 틀 속에서 이제 깨어나
어서 푸른 하늘로 날아오르자며
아이의 손을 잡고
여우와 두루미의 옛이야기를 들려주는 사람들 틈에서
아빠 두루미와 새끼를 부르는 소리가

'뚜루루루 뚜루루루'

연강 나룻길의 두루미 테마파크 하늘 높이
멀리멀리 울려 퍼지고 있다

■ 수상 소감

두 번째 맞이하는 한탄강 문학상 공모전.

지난해 첫 번째 공모전에서 쓴맛을 본 탓인지 올해의 공모전 안내문을 앞에 두고 많은 고민과 생각을 하게 되었다. 더구나 주제를 정해놓고 글을 쓰는 것에 대해 왠지 모르게 어렵고 힘들어하는 마음을 나는 평소에 갖고 있었다. 그래서 주제가 정해진 이번 공모전은 포기할까 생각도 해보았지만, 지난해에는 주제가 정해지지도 않은 공모전인데도 탈락했다는 것은 정해진 주제와 상관없이 나의 글 쓰는 자세에 문제가 있을 수도 있겠다는 생각이 들었다. 나의 글쓰기 자세의 문제…. 곰곰이 생각해보니 정해진 주제에 대한 글쓰기를 어려워한다는 것은 주어진 주제에 대해 깊이 있게 성찰해 보지 않고, 쉽고 안일하게 글을 쓰려고 한 것은 아니었을까 하는 생각이 들었다. 생각이 여기에 미치자 가족과 여행도 할 겸 추석 연휴를 맞아 한탄강을 직접 체험해 보기로 했다. 주제 속으로 직접 들어가 보기로 마음먹고 길을 나섰다.

울긋불긋한 옷차림의 사람들과 함께 잔도를 걸으며 한탄강을 바라보았다.

북쪽에서 발원하여 휴전선을 거쳐 남쪽으로 흘러온 물줄기. 그는 말없이 흐르고 있었지만 많은 얘기를 하고 싶어 하는 것 같았다. 그 얘기를 들어 보려 노력했다. 순탄(?)

하게 이어지던 길이 힌남노 태풍으로 인하여 중간지점에서 막혀 있었다. 잔도 위에 그어진 작은 휴전선을 보는 것 같았다. 그렇게 느낀 감정들을 글에 녹아들게 하려고 노력했다. 어찌 생각해보면 이런 나의 노력을 심사위원님께서 높이 평가해 주시지 않았나 하는 생각이 든다. 수상 소식을 접하며 글 쓰는 자세와 마음가짐을 어떻게 해야 하는지를 다시 한번 깨닫는 소중한 배움의 기회를 갖게 되었다. 이런 깨달음의 기회를 주신 허형만 심사위원님께 감사의 인사를 올린다. 더불어 대상 수상 영광의 기회를 저에게 주신 다른 응모자분들께도 미안하고 고마운 마음을 전하고 싶다. 이제 막 태어난 한탄강 문학상이 우리나라 최고의 문학상으로 자리매김하도록 미력한 힘이나마 열심히 보태려 한다.

끝으로 글을 쓸 수 있도록 배려해주신, 내가 십여 년을 몸 담고 있는 아오메탈(주) 오인석 사장님께도 이번 기회를 빌려 감사의 인사를 올린다.

글을 쓸 기회를 주신 한탄강 문학상 관계자 여러분 고맙습니다.

종자와 시인

제2회 한탄강문학상 수상 작품

■ 금상

「재인폭포」 외 2편

조현상

* 경기 연천출생. 2004년《 책과 인생》 수필 등단,
* 2009년《 조선문학》 시 등단, 2016년《 시조시학》 시조 등단,
* 2016년 중앙일보시조백일장 입상, 2021년 도봉문학상 수상
* 저서 : 시집 『명주솜 봄햇살』. 수필집 『세월』,
시조집 『송화松花, 붓끝에 피다』, 『삼팔선 빗소리』 외 다수

재인폭포

조헌산

가마골 깊은 계곡 숨 가쁘게 달려와
옥구슬 가마소釜沼에 비단 한 필 곱게 빨아
육십 척 주상절리에 치렁치렁 널었네.

섬섬옥수閃閃玉水 물안개 현을 켜듯 허공에 날고
부서지는 물결 소리 다락대 포성도 잠재워
영롱한 무지갯빛이
눈부시게 사운대네.

까마득한 협곡 위 동여맨 음모의 밧줄
사뿐사뿐 재인才人의 잠자리 날개 싹둑 잘려
이슬길 시퍼런 설움
한탄강을 적시네.

절세가인 재인 아내에 흑심 품은 고을 원
욕성의 늘장코를 아싹 깨문 여인의 정절

코문리 재인폭포 전설*
뽀얗게 물보라 피네.

* 재인폭포才人瀑布 : 경기도 연천군 연천읍 고문리에 있는 높이 18.5m의 폭포로서 재인의 한과 그의 부인의 절개가 담긴 전설이 전해져 오고 있다.

한탄강

조현싱

강원도 장암령長巖嶺에서 첫걸음 내디딘 너
남북한을 넘나든 삼백육십 리 긴 여정에
서러운
칠천만 한숨
삼팔선을 껴안았네.

삭풍에 마른 갈대 스산하게 서걱대듯
미어지는 이산의 새까만 숯덩이 가슴
한탄강*漢灘江
잠 못 이루고
철 철 철 소리내 우네.

일천만 이산의 아픔 칠십 년을 헹궈도
문신으로 새겨진 아물지 않은 깊은 상처
실향민
아린 멍 자국

옹이처럼 박혔네

휴전선 질긴 사슬 뭉텅뭉텅 끊어지는 날
산 넘고 강을 건너 피붙이 얼싸안고
두둥실
한풀이 학춤
너울너울 추려네

*한탄강(漢灘江) : 강원도 평강군 현내면 상원리 장암산(長巖山/해발 1,052m)에서 발원하여 강원도 김화와 철원, 경기도 포천을 거쳐 연천군 군남면 남계리 도감포(都監浦)에서 임진강과 합류하여 서해로 흐르는 134.5km 길이의 강으로 임진강의 제 1지류이다.

역고드름

조현상

기적소리 멈춘 지 칠십 년 기나긴 세월
명사십리, 개골산에 단숨에 내닫고 싶어
눅눅한
터널 안에서
다소곳이 고개 드네.

이 철길 저만치에 아련한 고향 산천
뼛속 깊이 그리운 부모·형제 못 잊어
언 땅에
수정 뼈마디
무동 서 손짓하네.

레일 끊긴 평행선 너머 재잘대던 고향 동무
손 뻗으면 닿을 듯 차마 눈을 못 떼고
어둠 속
부푼 동심을
곧추세운 역고드름*

* 역고드름 : 경기도 연천군 신서면 대광리 고대산, 끊긴 경원선 폐터널 안에 생성되는 역고드름.

■ 수상 소감

수상 소식에 만추의 단풍잎처럼 내 마음이 울긋불긋 물들었습니다.

삶의 여정을 뒤돌아보며 내 영혼의 소리를 글로써 다독여보려고 강산이 두 차례나 변하는 긴 세월 동안 쉼 없이 쓰고 또 썼습니다. 그러나 문학이라는 글 밭은 파면 팔수록 더 깊고 어려웠습니다. 그렇지만 늘 가슴이 두근거리고 행복했습니다. 이번 수상은 황량한 글 밭에서 진주를 캔 기분입니다.

연천에 문화의 새로운 터전이 우뚝 섰습니다. 훈련 포성이 귀청을 찢던 고문리에 [종자와 시인박물관]이 설립되고, 나아가 《한탄강문학상》이 제정되어 올해 두 번째 문학상 수상자를 발표하였습니다. 이에 저의 부족한 작품을 선정해주셔서 대단히 감사합니다. 이는 저에게 더할 나위 없는 영광이고 기쁨입니다. 더구나 내 고향 연천에서 받는 큰 상이어서 더욱 값지고 귀합니다.

앞으로 정진하여 더욱 좋은 글을 쓰도록 노력하겠습니다. 금상 수상자로 선정해주신 심사위원님, 그리고 [종자와 시인박물관] 관계관에게 진심으로 감사를 드리며 종자와 시인박물관 그리고 한탄강문학상에 장대한 발전이 있기를 기원합니다. 감사합니다.

– 《제2회 한탄강문학상》 금상 수상자 조현상

제2회 한탄강문학상 수상 작품

■ 은상

「휴전선의 봄」 외 2편

이윤훈

* 경기 평택 출생
* 2002년 조선일보 신춘문예 시 당선
* 2021년 동아일보 신춘문예 시조 당선

휴전선의 봄

이윤흠

철조망이 발톱을 세우고 바람의 날개를 갈가리 찢는다

그 아래
겨울을 넘은
제비꽃 한 송이

입을 가진 벽의 내력

이윤훈

어린 오얏나무 시절
안방에는 비밀스러운 벽장이 있었습니다
할머니는 종종 벽의 입을 열고
마술사처럼 홍시나 박하사탕을 꺼냈습니다
때로는 안을 살펴보다
알 수 없는 것을, 간혹 침묵을 꺼내고
그 입에 놋수저를 꽂아 놓았지요

할머니는 해마다 새 달력에 붉은 동그라미로
전사한 아들의 기일을 표시하고
9월의 마지막 밤 뭇별들도 목을 축여 가도록
물 한 사발 장독대에 떠놓았습니다
그런 후 세밑에 달력을 말아 그 비밀동굴에 모셔두었지요
둔황의 석굴에 감춰둔 두루마리 문서처럼요

오얏나무가 담장을 넘도록 부쩍 컸을 때

춘분 무렵 먼 길을 떠난 할머니가
꽂힌 숟가락을 영영 빼어버린 후에야
그 비밀의 입이 말문을 열었답니다
그 깊은 곳에서 나온
미제 단검과 볼셰비키 혁명사
나는 검을 닦고 쥐 오줌 번진 책을 볕에 말리어
서가에 나란히 두었습니다
전시용 옛 유물이 아니라
숨 쉬는 지금 여기
입을 가진 벽의 산증인으로 말이죠

남과 북이 차례로 발자취를 남긴 집
그 어둠에서 나와
이제 이 둘은
아침을 같이 맞이하는 사이가 되었습니다
마주 앉은 사이가 되었습니다

한탄강
–청마의 꿈

이윤훈

못다 이룬 꿈 속
해가 이글거리고
달이 부푸는
야생의 강

누가 여기 와 한탄하는가
울려면 목놓아 울어라
애가 다 끊기도록
그래야 그 끝
저 주상절리처럼 서리라

누가 여기 와 한탄하는가
사자후를 토하라
그래야 비로소
굽이굽이 세찬 물길로

예와 저기를 다 아울러 흐르리라

천마의 꿈은 멈추지 않는다
보라
천 년의 바람의 갈기를 날리며 달리는
저 푸른 발굽을

누가 여기 와 한탄하는가
말 달리던 종족의 후예여
달려라

*주상절리柱狀節理 :용암이 냉각, 응고, 수축되어생긴 기둥 모양의 금.

■ 수상 소감

어린 시절 시골집에 작은 벽장이 있었다. 그곳은 할머니만의 비밀스러운 장소였다. 그 벽장은 마술사처럼 입을 여닫았다. 그럴 때마다 홍시나 박하사탕처럼 먹을 것이 나오기도 하고, 할머니의 여러 물건이 비밀스럽게 나왔다 들어가곤 했다.

내 나이 스물 무렵, 이 벽장에 감춰진 아픈 비밀이 마침내 새어 나왔다. 미제 단검과 볼셰비키 혁명사가 긴 세월의 어둠 속에서 모습을 드러낸 것이다. 국방군과 인민군이 이 집을 번갈아 머물다 떠난 흔적이었다. 이것들은 단지 역사적 유물이 아니라 분단의 아픔을 대변하는, 지금 여기 존재하는 산증인들이었다. 어느 병사가 어쩌다 두고 간 것일까? 나는 녹슨 단검을 닦고, 쥐 오줌 번진 책을 볕에 말려 나란히 두었다.

끝나지 않은 전쟁, 그 상흔은 아직 땅에 남아있다. 휴전선은 지도상의 선이 아니다. 철책으로 그어진 우리의 기나긴 상처이다. 철새와 풀씨들은 이 경계를 넘나들건만 불행히도 이 땅의 주인인 우리는 서로 갇힌 채 발길이 끊겼다. 이 땅에 진정한 봄이 오기를 바라며 퍼시 셸리의 시구를 입에 올려본다.

"겨울이 왔으니 봄이 멀지 않으리."

제2회 한탄강문학상 수상 작품

■ 은상

「신망리역 김씨」 외 2편

안정숙

* 2020 김포문학상 신인상 시 부문 수상

신망리역 김씨

인정숙

태양도 능선을 떠나 기와들 사이로 발인했다
장례 마치고 돌아와 둘러보는 집

긴 마루 벽에 출발 순서대로 배차된 듯한
사진과 상장들
다섯 량의 객차처럼 잇달아 있다

영정사진은 그를 이끌어온 기관차가 아닐까

깡마르고 고집 있어 보이는 생전이
검고 긴 터널에 든 것인지
죽음도 기적소리 따라 빠져나가는
행렬인지도 모른다

미군 디젤 열차가 드나들 때
작업 강도가 높아져 흘렸던 땀

침목 같은 마루가 번뜩거리자
표창장 하나를 오랫동안 응시한다

칠 벗겨진 테두리가 경원선
통근열차 위로 걸어온 날들이다

새로운 희망의 마을 신망리
38선 접경지역에서
자식들 도시로 보내고
홀로 선로반 외길을 보수해왔는지

전등을 켜지 않아 달카당대는 창문
이제 이 집도 제 무게 내려놓고
차량기지 같은 어둠에 들 것이다

오늘 밤 가로등이 주황색 작업복 입고
골목을 조이고 닦으리라

바람이 불면 철 대문에서
망치질 소리도 잘강이리라
뒤돌아서는 눈 앞에 펼쳐지는 문구

귀하는 철도업무에 25년 이상 근속하며 직무를
성실히 수행하고 특히 선로 강도 향상에
진력함으로써 보선 업무에 기여한 공적이
현저하므로 이에 표창함

바람이 정착촌 시장을 훑듯
나는 버석거리는 마당을 나왔다

임진강 그 너머

안정숙

잡초들도 자신을 풀어놓은 사람을 안다

비늘구름이 수면처럼 흔들리는 오후
해안 철책선 너머
연백평야를 바라보는 이가 있다
그해 여름이 폐허를 낳았던가

땅속 깊이 울리는 전조
파드닥 튀기던 물발이 입을 쩍 벌려
들판을 휩쓸었으므로

해일이 간척지를 들쳐놓은 날
알알이 슬어놓은 푸른 낱알들이
철조망에서 발버둥치듯 헝클어졌다

소용을 잃은 눈빛만 농로에 던져지고

철새가 전깃줄에 남방한계선을 긋는다

북녘 고향이 가까워 터 잡은 노인
실향민이 북쪽으로 행하던 요배처럼
해바라기가 바닥을 향해 읍소한다

노인이 노을을 느슨하게 풀어놓는다

벼들이 털버덩 수몰되던 날을 회상하며
망향의 한 만큼
녹슨 철로에
경의선 기차가 딸려오는 상상을 한다

노인이
그물 꿰매듯 북쪽 고향길 깁고 있다

전곡리 사과나무

안정숙

슬픔도 잘 관리되면 붉은빛이 도는
요양원 앞, 사과나무 한 그루에
열매 몇 알이 유적처럼 매달려 있다

뿌리에는 전곡리를 탐사한
어르신의 눈빛이 매장되어 있는 걸까
줄기의 보존 상태가 양호하다

302호실
경주 김씨 계림군파 여든여섯의 그녀
번호가 매겨져 있다는 듯,
마지막일지도 모를
시선을 봉인하는 중이다

여생을 더듬으며
기억을 발굴하며
고통도 붉게 여문 유품 같아

휠체어에서 시간을 정리한다

생시를 키우느라 다그쳐온 날들
돌이켜보니 이리저리 뒤엉켜있고

산다는 건 목숨에 눈빛을 묻어두는 일

무릎에 세운 보철에도
한때의 불빛이 가설되는지
섬망이 깜박거린다
또박또박 말하던 고향 집이
구석기의 움집처럼 웅크려 있다

기다림의 화석이 된 얼룩진 벽지,
나무는 퇴적층같이 그늘만 쌓다가
과육과 헤어진다는 걸 기억할까

방마다 씨방처럼 파묻힌 눈동자들
그녀는 오롯이 자신에게 집중하며
제 안을 샅샅이 가다듬는다

옆 호실 침대 차트에 새 이름이 기록된다

공중의 가지에 매달린 유물이
툭툭, 바닥으로 출토되는 날

한 사람이 저쪽 세상으로 귀하게 옮겨간다

■ 수상 소감

이틀째 내리던 비가 그치고 아침 햇살이 청명하다.

흰 빨래에 비친 햇살 조각들, 베란다에서 빨래 널다가 받은 낯선 전화, 당선 소식이었다. 가슴 뛰는 그 순간을 오래 기억할 것이다.

그 떨림으로 시를 지을 것이다. 쓰고 또 지우며..

문득 올려다본 하늘, 구름 너머의 얼굴 하나, 먼 곳에 계신 엄마 사랑합니다.

코로나가 잠식한 긴 시간들.

어제 물러난 폭우처럼 사라졌으면 좋겠다.

부족한 제 시에 손을 들어주신 심사위원님, 한탄강 운영위원회 위원님께 먼저 감사드립니다.

묵묵히 뒤에서 응원하는 가족들에게 감사합니다. 함께 시 앓이를 해주시는 윤성택 시인님, 김포문예대학 시 창작반 조정인 시인님, 그리고 문우님들 많은 박수에 감사합니다.

더 노력하라는 채찍으로 알고 밤새 뒤척이겠습니다.

제2회 한탄강문학상 수상 작품

■ 동상

진경산수 - 비무장지대 외 2편

이옥분

* 1994년 시조생활 신인문학상
* 2018년 난대시조공로상
* 2020년 시천시조문학상
* 저서 『열매가 맺는 자리』, 『마음으로 쓴 편지』
  『그늘을 위한 변명

진경산수

– 비무장지대

이옥분

해와 달 그날처럼 뜨고 지는 팔부능선
탄식을 내려놓자 펼쳐지는 진경산수
낮달도 숨을 죽이고 허리 꺾는 중이다

경계 없는 강물들이 맨발 벗고 흐를 때면
물과 물 반갑다고 울먹이는 윤슬들이
애증을 용해시켜 가며 음표를 날린다

바람을 등에 지고 귀소하는 두루미 떼
들꽃 향기 기다리며 모이 줍는 들녘에서
저마다 홧홧한 눈빛 기약을 확 당긴다

바람의 시간

– 경순왕릉

이옥분

후광 환한 역사가 무릎 꿇다 잠든 이곳
천마총 금관을 어디 벗고 왔는지
폐퇴한 발자국마다 고여 도는 울음들

백성을 지키려 나라 내준 역사 두고
왕의 이름 허리 굽혀 불러야 하는지
바람은 화답도 없이 제 길로 달아났다

지는 노을 붉은 이유 말하면 무엇하랴
육탈 벗어 한 줌 흙 자연이 된 저 만다라
천년을 참았던 눈물 앞섶을 적신다

끄로지 강의 여름
– 차탄천

이옥분

저 강물 울음들이 아직도 남았는지
햇살이 쓰다듬고 바람도 다녀가도
해마다 유월이 오면 옛 생각에 뒤척이고

장맛비에 몸이 불면 징검다리 삼켜질까
고요도 방심 않고 빗소리에 귀 열더니
에움길 비경을 향해 달려가는 발걸음

물맷돌 던질 때 뭍 오른 물방울이
둥글게 둥그렇게 살라고 이를 때면
생의 길 실핏줄 같아도 제 길인 양 흘러든다

제2회 한탄강문학상 수상 작품

■ 동상

『아우라지 베개용암 강가에서』 외 2편

손근희

* 1964년 충남 당진 출생
* 2020년 '윌더니스문학' 신인상 수상 등단

아우라지 베개용암 강가에서

손근희

대체 강이란 것이
그 흐름이란 것에 대하여
나는 짐작도 못 하고 새벽 강에 와서
다른 시간을 안고 흐르고 있는가

강물은 차가워서 바위를 녹인 용암마저
편안히 베개에 누이고
부글거리는 분노를 잠재웠지만
그 사이 미몽의 안개는 피어올라
새벽마다 허다한 안개들이 눈과 귀를 가려
깊이도 흐름도 볼 수 없고 알 수도 없다
나는 두려움으로 인하여
가까이 다가가지 못하고 살아온 것일까

강물 속으로 또 다른 강물이 흘러와서
숱한 강들이 전하는 소리를 실어와 듣게 한다

선조들이 대륙에 터를 잡고 살던 이야기며
어질고 평등했던 커다란 군자의 나라와
빼앗긴 땅에 대하여
날조된 사서와 왜곡된 역사에 대하여
이제는 차가운 강에 머리를 감고
깨어나야 할 때
위대한 조선을 되찾기 위해서는 백 년의 시간이라도
견뎌야 하나 이제는 깨어나
웅혼한 할아비들의 발자취를 되찾아야 할 때

아침 햇살이 강에 오른다
만년을 지내 온 도도한 흐름에
깨끗이 씻은 의식의 지평을 싣는다
이제 아우라지 아우라지들의 손을 잡고
겨레의 혼이 어우러지는 청해로 가자

재인폭포

손근희

떨어져 내리는 것들 중에
저렇듯 우아한 것이 있을까

날개도 없이 알몸으로
무작정 투신하는 하얀 절망
물방울들은 실타래처럼 풀려
일말의 비명도 없이 떨어진다
까마득히 눈이 감기고
우레와 같이 부딪히지만
사방이 온통 환한 물보라
그 깊이가 훤히 빛나는데
쏟아져 내린 것들이 둥글어 펴지며
옥색 비단을 짜내고 있다

폭포 위에 서게 되는 일마다
밀려 떨어지거나 되돌아섰던 기억 때문에

지치고 무기력해졌다
꽃잎은 떨어져 내렸으나
상처 하나 없이 붉다
스스로 뛰어내리는 물처럼
살고 싶다

나의 투신에 대하여
옥빛 못은 무지개를 펼치고
기다리고 있다

좌상바위

손근희

풀빛 강을 구부려 깔고 앉은 사내
이마 위로 소나무가 자라고
목이 긴 하얀 새를 키우고 있다
발목을 간질이는 여울을
느긋이 기울여 보는 저녁

새는 저녁 둥지에 깃을 접는데
나는 갈 곳을 잃었다
수십만 년을 일수유로 압축해버린
저 그을린 바위와의 텅빈 공간
휘어지는 모래톱에 앉아
강물이 배를 밀고 간 자국을 본다

네가 날아간 먼 하늘에 피멍이 들고 있다
울음이 울지 못한 채
돌돌 허리를 휘감는 물로 귀에 가득 차고

넌 마지막 햇살 자락으로
내 발밑에 엎드려 장난을 치는구나
영영 나이를 먹지 않은 채
커다란 돌이 되어 자랑처럼 솟구치고 싶었느냐

언제부터 앉아 있었는지 모르던 푸른 거암
부스스 무릎을 털어 세우고
내 어깨를 짚어온다
저물어가는 한탄의 물줄기를 따라
붉은 해가 머무는
서해로 가보자고

종자와 시인
박물관

제2회 한탄강문학상 수상 작품

■ 동상

「아름다운 이름이여」 외 2편

박종익

* 2016년 한국예총 「예술세계」 시 부문 신인상 등단
* 한국해양문학상, 최충문학상, 안정복문학상, 정도전문학상, 삼행시문학상, 전국호수예술제 대상 수상
* 한국예총, 고양문협, 예술시대작가회, 아토포스 문학 회원
* 시집 『나도 마스크』, 『냉이꽃 당신』,모바일 시집 『코로나 유감』, 『쓰러지지마』

아름다운 이름이여

박종익

당포성에 별이 뜨고 달이 차오르면
임진강을 따라 자유와 평화를 노래하며
주상절리 절벽 사이를 굽이치는 얼굴들이여
내 청춘의 뜨거운 심장에서
대금 울음 물살 치며 굽이치는 정령의 물줄기여
백두대간을 오르내리며
자유를 지키겠다고, 맨주먹 불끈 쥐고 한달음에 달려가
불꽃으로 산화하신 내 아버지시여

장독대에 그리움 한 그릇 떠 올리고
손 모아 기도하시는 어머니시여
달빛 베고 잠든 내 누이 머리맡에서
코스모스꽃을 물고 온 붉은 여우여
해바라기 꽃바람 부는 호루고루성 마루에 앉아
당신에게 연꽃 편지를 쓰던 억겁의 시간이여

못다 핀 꽃망울이여

아직도 끓어오르는 내 붉은 심장이여
뜨거운 마음으로 북녘 하늘을 바라보려
연천군을 찾는 이여
내게는 너무나 소중한 이름들이여
아무리 지워도 지워지지 않을
아름다운 당신의 이름이여

나이테는 흐른다

바좀이

비바람이 아무리 세차게 불어도
고요를 안으로 거두는
나이테는 제 중심을 버리지 않습니다
추운 겨울 폭풍 한설 몰아쳐도
마루금마다 불꽃 심장을 태우던 별들이
자유 평화를 향한 위대한 숨소리가
한탄강 밤하늘에 경전을 써 내려갑니다
당신이 꺾이고 구부러지면서 상처가 될지라도
역사는 뿌리를 내리고 다시 꽃으로 피어납니다
칼바람 우는 산맥 거슬러 오르내리며
천둥과 벼락에 몸서리치면서도
반만년을 살아온 나이테의 혈맥을
죽어도 포기할 수 없습니다
넘어지고 깨지며 천만년을 더 살아낼
속심을 깎아내고 다듬으시던
당신의 고단한 어깨에 기대어

당신의 나무와 새들이

차탄천 주상절리 노을 구름 아래서

자유와 평화를 노래하며 쉬어갑니다

하얀 새

박준이

내 조상은 티라노사우루스도 아니고
시조새는 더더욱 아닙니다
나는 하얀 새의 자식,
상처로 일그러진 이 땅의 몰골을
나무와 풀들이 품어주고 바람이 손잡아 줍니다
부끄러움의 목록을 이 땅은 알아보았을까요
손으로 흙을 걷어내면 상처투성이 대지는
화약 냄새 그대로 품고 있는데
저 하늘에 흰 구름은 대꾸가 없습니다
임진각 철조망을 주름 손으로 붙들고
한가위 날 목 놓아 노래하시던 아버지는
“내 슬픈 목소리만이 하얀 새 날아들던 고향 언덕에
더 가까이 날아갈 수 있다” 하시면서
통일 리본을 꼭 잡고 울음을 삼키셨다지요
"나는 죽어서 꼭 하얀 새가 되어야 한다"
북쪽 하늘에 대고 기도하시던 아버지

어느 칼바람이 북쪽으로 불어가던 날이었던가요
아버지가 유골함에서 걸어 나오시더니
수천 마리 하얀 새가 되어
철조망 너머 북녘 하늘로 날아드시곤 했지요

종자와 시인
박물관

제2회 한탄강문학상 수상 작품

■ 동상

「청춘의 빛」 외 3편

최혜영

* 서울출생
* 다시올 문학 2009년 겨울호 시 등단
* 군포문인협회 회원 다시올 문학 전망동인
* 시집 『그 푸른빛 안에 오래 머무르련다』

청춘의 빛

최혜영

아주 오래전 수줍은 소금쟁이는
어느 주말에 신망리행 새벽 열차를 탔어요
열차는 간이역마다 잠깐씩 멈추며 봄빛을 객실 가득 실었어요
작고 여린 봄꽃들은 마음의 빗장을 풀고 환한 말들을 쏟아냈어요

소금쟁이는 강기슭 따라 걷다가 마주하는 풍경을 좋아했어요
손가락 사이로 빠져나가는 물고기, 껍지들의 투명한 속살
조약돌들이 다 보이는 유리알 같은 개울물
하얀 개망초 꽃무더기 앞에서 고개 빼꼼히 들고
하염없이 기다리던 닿을 수 없는 시간

설레는 마음으로 한탄강 유격 훈련장에 갔어요
7일간의 유격 훈련 중엔 면회는 절대 안 된다고 굳은 표정의 검문소 왕딱정벌레가 말했어요

강기슭에는 유격 훈련 중인 수많은 가재들이 있었어요
계곡에서는 외줄을 타고 내려오는 가재들이 수 초 간격으로 강물 위로 뛰어내렸어요
소금쟁이는 가는 발목을 파르르 떨며 온몸으로 절박하게 이야기했어요
왕딱정벌레는 큰 선심이라도 쓰듯 가재들의 점심을 식판에 담아 왔어요
높은 다리밑 그늘에서 먹는 꽁보리밥은 정말 맛있었어요

해 질 녘 그늘이 강 수위를 한 뼘씩 낮추는 저녁이었어요
몸을 뒤척이며 마른 꽃잎이 발목까지 휘돌아 내려왔어요
까맣게 그을린 얼굴로 나타난 가재 한 마리
모서리마다 일렁이는 마음의 경련, 짙은 초록 속으로 달려가는 청춘의 빛이었어요.

바람에 흔들리는 호랑이 꼬리털

최혜영

이산 저산 산골짜기를 넘나드는 호랑이가 있었네
그를 만나려면
산모랭이 지나 민들레 찻집에서 산국차 한잔 마시고
골짜기 두붓집에서 막걸리와 두부김치를 먹어야 한다네

그러다가 오후의 그림자가 길게 드리우면
누런 벼 이삭 가득한 들판, 곡식 창고 앞을 서성이며
각시원추리나 노랑 낮달맞이꽃을 무릎 낮춰 들여다보고
산 사이로 움직이는 물안개 같은 뭉게구름도 보아야 한다네

호랑이 꼬리털에선 연한 참나무숲 냄새가 났었네
나는 그 향기에 한동안 마음이 소란스러웠다네
그 냄새 다시 생각날까 봐
바다처럼 깊은 물 다 말라버릴까 봐
포효하던 울음소리 폭풍우에 출렁일까 봐

남녘 북녘 산골짜기를 넘나드는 호랑이를 보려고
나는 오늘도 조팝나무꽃처럼 환한 책갈피 숲속을 어슬렁거려본다네

종자와 시인 박물관

최예영

오후 햇살이 기우는 사이 내 마음이 먼저 연천에 가 닿았다
나지막한 산등성이들 부챗살처럼 펼쳐지고
아담한 집들 올망졸망 꽃처럼 아름다운 동네
붉은 노을과 누런 벼 이삭이 끓어 넘치는 저녁
몇 개의 산모퉁이를 돌아 종자와 시인 박물관에 도착했다

종소리 울려 퍼지는 박물관 입구에는
양미역취, 메리골드, 코스모스가 하늘거리고
연등을 달아놓듯 환한 빛을 뿜어내는 박물관 안에는 씨앗들이 즐비하고
어느 종자 하나 깊이 들여다보지 못하고
바람에 실려 오는 영생이 냄새 흙 속에 까만 씨앗 하나 묻어놓고
시평선 너머 펼쳐지는 초록의 숲이 되기까지 희망을

노래하고 있었다

거기서 나는 시인의 말과 씨앗을 생각했다
오늘 내가 끌고 가는 것은 무엇인가?
시인의 말이 언어의 꽃이라면
종자 속에는 풀잎처럼 초록의 시가 들어 있고
내 시가 민들레 홀씨처럼 바람에 날려 뿌리내린다면
씨앗 방주를 생각하며 생명의 소중함을 느끼는 하루가
되었다

종자와 시인
박물관

제2회 한탄강문학상 수상 작품

■ 동상

「주상절리를 바라보며」 외 2편

김완수

* 2013년 농민신문 시조, 2014년 제10회 5.18문학상 시, 2015년 광남일보 시, 2021년 전북도민일보 소설 당선, 2016년 《푸른 동시 놀이터》 동시 추천, 제2회 금샘문학상 동화 대상,
* 저서- 시집 『꿈꾸는 드러머』(2019), 단편 동화집 『웃음 자판기』(2020), 시조집 『테레제를 위하여』(2022)

주상절리를 바라보며

김민수

저것은 대장공이 단련한 낭떠러지
쓸리고 깎인 나도 강에선 곧추선다
상처는 다각이어서 금 간 기둥 이루나

좁고 깊은 골짜기가 모루란 걸 깨닫는다
열정 식은 자리마다 비바람이 만진 기억
한때는 나도 뜨거워 구릿빛을 띠었던가

내 길도 물목에서 하나 된 아우라지
대장공 땀자국을 좇는 일은 부질없지
연원을 캐묻는 일도 어리석긴 마찬가지

하늘의 만듦새를 어림으로 보는 대신
꿈이란 연장 꺼내 무딘 가슴 벼려 본다
반반히 살아온 날도 결을 갖게 되리니

거울의 화석인 듯 마주한 주상 절리
후회도 지난날도 굽이치며 흘러갈 때
새들이 달궈진 부리 강물 속에 담그네

좌상바위에서

김완수

한숨 같은 이름으로 지레 알고 찾은 강가
나처럼 떠밀려 산 사주沙洲에 다다르니
비밀한 강 이름만큼 바위 이름 궁금하다

푸른 터럭 치세우고 들어앉은 좌상바위
빗물과 산바람이 수고한 땀띠인지
느릿한 발걸음마다 괜히 맨살 가렵다

맥이 빠져 가슴에 숭숭 생긴 구멍들
바위처럼 별과 찬기 마주하고 견뎌 내면
순백한 알맹이들이 사리舍利같이 채워질까

불면의 좌선으로 땀 흘려온 좌측 형상
내게도 좌표 있어 스며드는 상像 있으니
텅텅 빈 가슴 복판에 심장으로 들인다

강물은 날숨이고 깨달음은 들숨인가
길도 물에 합류하는 산목숨의 한탄강
만약에 내세 있다면 큰 바위가 되리라

지난날 내 지질地質은 무기력과 게으름
강기슭 외진 데도 물기운이 적시는데
오늘 밤 삶의 땅켜는 어떤 돌로 쌓일까

꺽정에게

김완수

어허, 자넨 어찌해서 홀로 의義를 탐했는가
민초들 신음소리 신분 같은 굳은살 돼
고리짝 내팽개치고 외로운 돌 찾았는가

합하고 적시느라 굽이치는 강물인데
위아래가 어딨으며 높낮이가 어딨을까
자네도 물줄기처럼 고른 세상 꿈꿨겠지

바람風보다 뜨거운 숨 호령하듯 푸 내쉬면
모래는 쌀이 되고 바위는 솥이 되고
강물은 출렁거리다 끓는 밥물 됐을 터

고석 바위 낙원까진 허기虛飢같이 가파른 길
듬직한 바위들은 자넬 따른 무리인지
강물이 부딪칠 때면 함성 소리 들린다

지금도 구멍 속에 자네 혹시 있을까 봐
바위틈 난 데마다 기웃대는 여름 한낮
없다면 나도 꺽지 돼 물속으로 가볼까나

■ 제2회 한탄강문학상 심사평

추상적인 것과 낡은 표현에 벗어나
주제에 대한 깊은 시적 사유 필요

재단법인 '종자와시인박물관'이 주최하고 연천군이 후원하는 2022년 제2회 한탄강 문학상 응모작 최종심에 19명의 작품이 올라왔다. 다른 문학상과는 달리 응모 소재가 한탄강, 재인폭포 등 연천군의 명소이면서 주제는 한탄강의 비경이나 애환, 한반도 분단의 비극과 극복, 평화 회복을 내용으로 한정되어 있다. 응모작들이 한정된 소재와 주제 때문인지, 추상적이거나 주제에 대한 깊은 시적 사유가 보이지 않는 낡은 표현의 작품들이 눈에 띄었다. 응모작의 수준이 고르지 못하거나 언어적 기교에 치중함으로써 자기의 목소리를 지니지 못한 아쉬움도 있었다. 그러나 상위권에 입상한 작품들은 위에서 지적한 부분을 최대한 극복하려는 노력을 읽을 수 있었다. 특히 대상과 금상 작품은 주제에 대한 세밀한 해석이 돋보였다.

대상 수상작 「한탄강」은 화자가 직접 순담에서 드로니까지 비 내리는 십여 리길 잔도를 걸으며 휴전선과 한탄강의 역사를 묵상한다. 그때 화자 앞에 "옛 걸음 앞서가는 노년의 사내"를 분단의 아픔까지 함께 공유하는 시적 사유를 마지막까지 밀고 감으로써 시적 대상에 대한 따뜻한 시선을 놓지 않고 있다. 또한 승리 아니면 죽음으로 맞서기 위해 퇴로를 없애버린 성「은대리성 산책로를 걸으며」는 “어서 빨리 집으로 돌아가고 싶던 고구려 병사들의 넋을 위로하듯” 흐르는 한탄강의 존재 의식을 동시에 느끼게 한다.

금상 수상자의 응모작은 시조로 재인폭포, 한탄강, 그리고 지금은 끊긴 경원선 페터널 안에 생성되는 역고드름을 통해 분단의 아픔과 실향민의 설움을 형상화하여 시조의 새로운 맛을 새삼 느끼게 한다.「재인폭포」는 연천의 명소 재인폭포에 얽힌 전설을 오늘날 현실에 맞게 새로이 구성했다.「한탄강」은 남북한을 넘나든 강의 긴 여정을 통해 이산가족, 실향민의 아픔과 애환을 형상화하고 있다. 응모 작품들이 모두 시적 대상을 바라보는 따뜻한 눈과 풍성한 이미지와 상상력은 주제 의식을 더욱 견고하게 만들고 있다.

올해도 한탄강 문학상에 관심을 갖고 연천군의 명소와 한탄강을 통한 한반도 분단의 비극을 일깨워주신 모든 응모자분에게 함께 시를 쓰고 있는 최종 심사위원으로서 깊은 고마움의 마음을 전하며 더욱 건강, 건필을 축원드린다.

– 심사위원 허형만(시인, 국립 목포대 명예교수)

■ 제2회 한탄강문학상 심사 경위

제2회 한탄강문학상은 소재나 주제에 맞는 작품을 공모한 결과, 응모 조건에 해당하지 않는 작품은 예심에서 걸러냈습니다. 그래서 아쉽지만 우수한 작품을 본심에 올리지 못한 작품도 있었습니다. 순수 창작품인지, 모방작은 아닌지 검토하고 운영위원들과 협의하여 수상작을 결정하였습니다. 본심에 19편을 올려 허영만 시인께 심사를 의뢰하여 등위를 정하고, 순위에 의해 대상, 금상, 은상. 동상 수상자를 결정하였습니다.

전국에 여러 문학상이 있지만 제2회 한탄강문학상은 연천 지역의 명소를 이해하고 국가의 과제인 분단의 비극, 분단 문제, 통일과 평화의 주제로 다룬 작품을 기대했으나 주로 연천의 명소를 소재로 다룬 작품이 많았습니다. 의외로 시조 작품도 많이 응모해주셨습니다.

당선 작품을 문집으로 제작하여 시상식 때 상패나 상장과 함께 드리고자 시상식 일정을 늦추게 되었습니다. 수상 작가님들께 감사드리며, 수상은 못 했지만 응모해주신 작가님들께 감사드립니다.

이번 문학상의 공정성을 확보하고자 응모한 작가의 이름을 가리고 운영위원 6명이 전 작품을 보고 본심 대상작을

골랐습니다.

이번에 큰 기대를 하고 응모한 작가들이 많으리라 여깁니다. 다음에 응모하시어 수상의 영예를 누리시길 빕니다. 제한적인 작품 공모에 응모해주신 모든 작가님께 감사드립니다.

한탄강문학상 운영위원님들의 수고에 감사드리며, 이 문학상을 제정, 운영할 수 있도록 베풀어 주신 종자와 시인박물관 신광순 관장님, 이 사업에 지원해주신 김덕현 연천군수님과 윤미숙 문화부 팀장님께도 감사드립니다.

2022. 10. 19.

운영위원장 채찬석

운영위원 이병찬, 전현하, 이남섭, 김석표, 김태용

부록 1

제1회 한탄강전국백일장대회 수상 작품

종자와 시인
박물관
글벗문학회
시화전

제1회 한탄강 전국백일장대회 수상 작품

1. 일시 : **2022. 10. 9.(일) 10:00-13:00**
2. 장소 : **종자와 시인 박물관**
3. 글제 : **평화, 친구, 용서**
4. 수상자 명단

■ 학생부 초등부
운문 부문 고학년 우수상 김주연 / 우리 친구
운문 부문 저학년 우수상 이예은 / 친구

■ 일반부
산문 부문
- 우수상 이양희 / 용서
- 장려상 김은자 / 용서
- 장려상 김부회 / 청바지 친구들

운문 부문
- 최우수 김나경 / 한탄강
- 우　수 전청희 / 친구
- 우　수 최성자 / 용서
- 장　려 이명주 / 친구
- 장　려 서진우 / 용서의 강
- 장　려 이경민 / 용서
- 장　려 문지은 / 가을 내음
- 장　려 신순희 / 둘레길 그림 친구
- 장　려 양승연 / 단짝 친구

종자와 시인
박물관

■ 학생부 초등부 운문부문 고학년 우수상

우리 친구

김주연(연천초등학교 4학년 1반)

무궁화 꽃잎 다섯 장
하나라도 빠지면 안 예쁘지
꽃잎 한 장 한 장
조화롭게 피어있네

내 친구 다섯 명
한 명이라도 빠지면 안 예쁘지
친구 한 명 한 명
모두 소중하네

꽃 한 송이 한 송이 보여
무궁화나무가 되듯
우리가 되네

무궁화꽃도 한 송이 한 송이 아름답고
우리도 한 명 한 명 모두 아름답네

● 수상 소감

안녕하세요?

이번 제1회 한탄강 전국백일장대회 우수상을 받은 김주연입니다.

제 소감은 친구라는 주제가 처음에는 고민되었지만, 저에게 항상 기쁨을 준 소중한 친구 다섯 명이 생각나서 시를 적었는데 이렇게 우수상을 받게 되어 정말 영광스럽고 좋았습니다.

다음 대회도 꼭 참가하고 싶습니다. 감사합니다.

■ 학생부 초등부 운문부문 저학년 우수상

친구

이예은(봉일천초등학교 2학년 4반)

친구는 나를
언제나 도와주고

친구가 힘들 때
내가 도와주고

우리는 가족 같은
친구가 되자

● 수상 소감

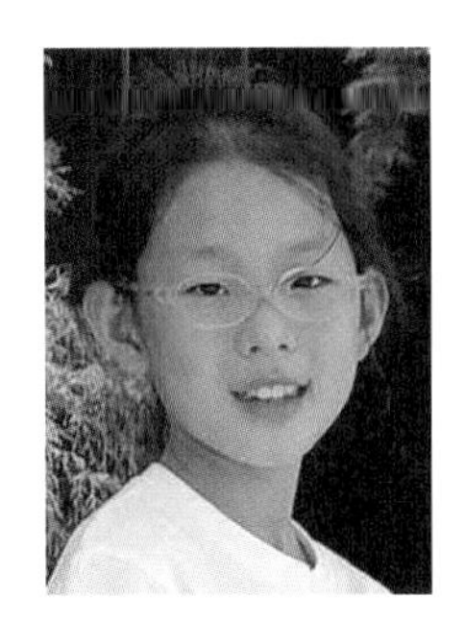

지난 7월 여름방학이 시작되면서 대학교수이셨던 외할아버지께서 한국사 공부를 권유하면서 구석기시대의 연천 전곡리, 주먹도끼 등을 4학년 언니에게 가르치는 것을 들을 때, 1학기에 학교에서 배웠던 것이 생각났다. 그러던 중 연천에서 제1회 한탄강 전국백일장대회가 열린다는 파주지역신문 광고를 보고 10월 9일 백일장에 참가하게 되었다.

처음으로 참가하는 것이어서 전날부터 마음이 떨리고 잘 할 수 있을까 걱정되었다.

할머니랑 언니가 하나님께 간절히 기도하고 최선을 다하면 된다고 이야기해 주었다. 아침에 일어나니 비가 주룩주룩 내리고 있었다. 그래도 백일장은 한다고 해서 엄마랑 언니랑 비가 오는 길을 달려서 종자와 시인 박물관에 도착했다.

비가 계속 와서 차에서 내리기도 싫었는데 우산을 쓰고 안내해 주시는 대로 따라서 접수했다.

언니랑 함께 백일장 장소에서 조금 기다리니까 드디어 제1회 한탄강 전국백일장대회 글제가 발표되었다. 글제는 평화, 용서, 친구였다. 연습 종이를 펼치고 앉으니 무엇을 써야 할지 걱정만 되었다. 집에서는 1학년 때부터 언니랑 삼행시도 짓고 독서 독후감도 쓰고 그림일기도 쓰고 했지만 아무 생각이 나지 않았다. 다른 제목은 어렵기만 하고 그래도 친구랑 서로 도와주던 생각이 나서 내가 좋아하는 친구를 생각하며 쓰기로 했다.

시간이 지날수록 힘들었지만 겨우 써서 제출했다. 어젯밤 기도한 대로, 상을 받았으면 좋겠다고 생각했다. 엄마랑 언니랑 우산을 쓰고 예쁜 꽃들과 사진도 찍고 종자와 시인박물관도 둘러보고, 멋진 공연도 보았다.

드디어 시상식 시간이 다가왔다. 가슴이 콩닥콩닥 뛰기 시작했다. 아! 처음으로 내 이름이 불려졌다. 깜짝 놀랐다. 우수상이었지만 1등 같은 우수상이라고 하셨다. 너무 기뻤다. 이번 한탄강 백일장도 제1회였고, 나도 태어나서 처음으로 도전해서 우수상을 받은 최고의 날이었다.

■ 일반부 산문 부문 우수상

용서

이양희

“다녀오세요”

“다녀오마”

지난 9월 21일 여느 때와 같이 새벽 투석을 나서시는 어머님과 나눈 인사였다.

요양보호사님의 도움을 받아 병원으로 가신 어머님, 어머님은 오래 9년째 일주일에 3번씩 투석을 받고 계셨다. 투석 가신지 3시간 만에 갑자기 병원에서 연락이 왔다. 투석 도중에 어머님이 혈압이 급격히 떨어져서 의식을 잃고 종합병원 응급실로 실려 가셨다고 …

아침 쉬고 있던 남편이 병원으로 달려갔고 나는 출근을 하였는데 어머님은 끝내 의식을 되찾지 못해 중환자실로 옮겨지셨다고 했다.

퇴근하고 어머님을 뵈러 가는데 남편이 임종 면회를 위해 직계가족 형제가 다 오고 있다는 믿지 못 할 말을 하였다.

‘이게 무슨 일이지.’

'아침에 멀쩡히 인사 나누고 나가신 분이 무슨 임종 면회라는 거야?' 하면서 '아니야, 아닐 거야, 분명 깨어나실 거야.'라고 되뇌이면서 병원에 도착했다. 2시간이나 기다려 면회를 하였는데 어머님은 의식을 완전히 잃은 채 각종 링거를 주렁주렁 달고 산소호흡기를 꽂은 채 우리들을 반기지 못했다.

돌아가 병원 연락을 기다리라는 말을 듣고 집으로 돌아왔는데 믿기지 않는다. 가슴이 두근거려 잠을 이룰 수 없었다.

새벽 1시에 급히 수혈 동의를 구하는 병원측 전화를 받았고 새벽 6시엔 병원으로 빨리 와 대기해달라는 전화를 받았다.

무슨 정신으로 병원으로 달려갔는지…

밤새 사투를 벌이시는 어머님 제발 깨어 달라고 힘내시라고 그렇게 빌고 빌었건만…. 어머님은 끝내 다시 눈을 뜨지 못하시고 우리 곁을 떠나가셨다. 홀연히. 거짓말처럼 그렇게 갑자기 떠나셨다. 영원히 돌아오시지 못하는 길로….

올해로 89세 되신 어머님,

병으로 고통을 받으시다 그렇게 떠나셨다. 37년이란 세월 동안 부모와 자식으로 만나 함께 지내시다 내 곁을, 우리 곁을 떠나신 것이다.

어머님이 거짓말 같이 떠나신 그 이후 내가 가장 많이

읊조린 말은
“어머니, 용서해 주세요. 혹여 제가 어머님 자식으로 살면서 어머님께 알게 모르게 드린 상처가 있었다면 다~ 다~ 용서해 주세요. 나름대로 최선을 다한다고 했지만 그래도 서운한 점이 있었다면 다 용서해 주세요.”라고.

어머님이 가신지 3주째 접어드는데 어머님은 이런 간절한 나의 외침을 듣고는 계실까?

어머님! 부디 편안한 곳에서 편히 지내세요. 그리고 모든 잘못된 점 용서해 주세요.

● 수상 소감

생각해보면 저에게 글을 쓰는 일이란 늘 수많은 생각과 단어와 문장들이 머리에서, 마음에서 빙빙 돌며 어지럽게 떠다니다 끝내 정리되지 못하고 덮어두기 일쑤인 일이었습니다.

야무진 문장 하나 만들어 내는 일이 저에겐 항상 어려운 일이었습니다. 그래서 학창 시절 이후 백일장에 참여하고, 수상하고, 이렇게 당선 소감을 쓰고 있는 사실이 믿어지지 않습니다.

제1회 한탄강 전국백일장대회 행사에 캘리 시연 작가로 참여하였다가 마감 시간 한 시간을 앞두고 급하게 즉석에서 써낸 글이 뜻밖에 수상을 한 것이었습니다. 상상도 못한 일이었습니다.

얼마 전 갑작스럽게 찾아온 시모님과의 준비되지 않은

영원한 이별 앞에서 나 자신도 모르게 들었던 심정을 고백하듯 쓴 것뿐인데 수상이라니…. 너무 뜻밖이고 과분한 수상이어서 지금도 부끄럽고, 그저 송구하고, 감사할 따름입니다. 늘 창작의 고통으로 글을 쓰고 다듬어 주옥같은 작품을 만들어 내시는 많은 분 앞에선 더욱 부끄럽기가 그지없습니다.

부족하고 미흡한 저의 글을 뽑아주신 심사위원님들께 진심으로 감사드립니다.

■ 일반부 산문 부문 장려상

용서

김은자

삶의 주변에는 가르침을 주시는 성인이 많이 출현하여 우리의 살아가는 길을 밝혀준다. 그중에서 4대 성인도 있지만 공자의 가르침은 지금까지 우리에게 많은 교훈을 남겼다. 용서란 남의 허물을 마음속에서 희석시키면서 분노와 아쉬움을 통하여 상대방의 마음을 편안하게 하는 처방이고 치료제가 아닐까

공자님의 생을 다하고 운명하는 마지막 장에 제자들이 모여서 슬퍼하면서 "스승님! 저희들에게 마지막 한 말씀 남겨주고 떠나 주십시오."하면서 간청하자 공자님은 제자들에 서(恕)라는 한 말씀을 낢겨주었다. 파자를 하면 겨집녀(女) 변에 입구(口)를 넣으니 '같을 여(如)'자가 된다. 여여한 마음을 굴곡이 없는 마음이며 모질지 않고 물의 순정한 상태의 마음이다. 그런 마음은 뜨거운 아음도 제자리에 데려다 놀 수 있지 않은가. 용서하는 마음은 여여한 마음이기에 살아가면서 이 사바세계에서 굴곡진 희노애락의 굽이에서 화해와 평화를 이끌어 주는 진정한 치

료제와 같은 마음결이다.
삶의 여정은 각본 없이 흐름에 누워있는 과정이기에 남을 용서한다는 것은 결국 부메랑 법칙으로 자기에게 돌아오는 은혜라고 여긴다.
나는 누군가에게 얼마나 용서받고 또 용서를 했던가. 말은 쉽지만, 쉬운 일이 아니기에 공자님께서는 이런 가르침을 사랑하는 제자들에게 남기신 것이 아닌가.
역지사지라는 말이 있다. 그 사람의 입장을 바꿔놓고 생각하면 일단계 용서는 몰입이 되지만 이해관계의 저울에 달아보아 너무나 속이 상하면 반드시 시간이 필요하다. 시간을 두고 생각하면 이해라는 손길이 가만히 다가와 그 사람의 그럴 수밖에 없는 입장을 이해하게 된다.
이유도 모른 채 배신당했을 때에도 시간은 슬픔까지도 반대의 입장에서 세워놓은 상태로 내 가슴을 넓혀 주면서 망각이란 고마움 축복을 베풀어 주는 인생 항로! 어언 산수에 언덕에 오르니 용서 못 한 것이 거의 없어진다. 보이스 피싱으로 노후 자금으로 모아둔 사천만 원을 빼앗기고도 그렇게 살아갈 수밖에 없는 그 사람을 긍휼히 여기면서 용서하게 된다.
자비로운 마음의 켜를 쌓다 보면 내 이제 공자님의 가르침을 사무치게 간직하고 용서의 부자가 되어 아무 아픔없이 남은 생을 살아갈 수 있으리라.

■ 일반부 산문 부문 장려상

청바지 친구들

- 청춘은 바로 지금부터

김부회

10시 부개역.

3년 만에 10명의 여고 친구들이 뭉치는 날!

가장 먼 곳에 사는 나는 아침 일찍부터 어린아이처럼 들뜬 마음으로 여행길에 올랐다. 1시간 30분이라는 긴 시간이 걸리지만 설렘과 기대로 2시간은 금방 지나갔다.

9시 45분 도착,

“어서 와, 먼 길 오느라 힘들었지”

먼저 나의 안부를 묻는 친구들.

“아니야, 나는 너희들보다 한참 먼저 여행을 시작했어.”

모두 모여 3대의 차량으로 나누어 타고 대부도로 향했다.

주말이라 길이 좀 막혔지만, 친구들과 끝없는 수다로 시간 가는 줄 몰랐다. 먼저 도착한 우리 차는 전망 좋은 카페에서 향긋한 커피와 부드러운 빵으로 아침을 해결했다.

뒤늦게 도착한 친구들은 맛집에서 합류하여 재미있는 이야기와 음식의 맛이 어우러져 맛있는 식사를 했다.

"다음 코스는 함께 해변가를 걸어볼까?"
누군가의 한 마디에 모두 "좋아! 콜"
마음도 잘 맞는 친구들, 모두들 너무도 기다렸던 시간이었나보다. 해변가에서는 우리가 주인공! 하하 호호 웃음소리, 셀카봉을 따라 취해지는 포즈들, 멋진 척, 각기 표정도 포즈도 다르다.
해 질 녘쯤 우리들만의 아지트 펜션 도착!
예쁜 색깔 지붕과 초록으로 펼쳐진 잔디 정원, 10명을 맞이하는 넓은 거실과 방, 그리고 엄청 큰 주방까지, 딱 좋았다. 살아 움직이는 싱싱한 새우와 1등급 한우, 그리고 각자 솜씨 자랑 밑반찬으로 차려진 푸짐한 한 상은 그야말로 환상적이었다. 환상적인 한 상과 더불어 우리들의 다양한 이야기, 그리고 적당한 주류와 함께했던 2시간의 행복은 또다시 올 수 없는 귀하고 소중한 시간이었다.
우리들에게 여고 3년은 특별한 시간이었기에 그 어떤 친구들보다 소중한 친구들이다 우리가 만나게 된 각각의 사연을 한 사람씩 이야기하며 울고 웃고 격려하고 칭찬하고 박수쳤던 1시간은 영원히 잊지 못할 것이다. 참 열심히 살았고 공부했던 여고 시절 30년도 넘게 지난 지금 생각해봐도 우리는 참 대견했다. 지금 각자의 자리에서 주인공으로 잘 살아가고 있는 친구들, 건강하게 잘 살고 있어서 고맙다. 친구들을 위해 하루 전날부터 맛나고 싱싱한 먹거리를 준비한 친구들 더 고맙고 사랑스럽다.

우리의 건배사 '청·바·지'처럼 청춘은 바로 지금부터 시작이다. 친구들아! 우리들의 인생 2막, 멋지고 환상적으로 출발하자!

■ 일반부 운문 부문 최우수상

한탄강

김나경

아름다운 한탄강
그곳에서는
호기심 가득한
수많은 얼굴들을 만날 수 있다

기암괴석과 절경에
모두가 감탄한다

그리고 또 놀란다
어디서 왔는지 알 수 없는

가시박에
온몸이 칭칭 감겨
울음 토하는

식물과 나무들의 힘겨운 외침에

잠들어 있던 한탄강이 깨어나
숲에게 노래를 들려주었다
어느 날
바람이 소식을 전했다

숲에 평화가 찾아왔다고

한탄강이 방긋 웃었다

● 수상 소감

오늘도 나는 햇살을 가슴으로 받아내고 있는 들녘에 가을 마중을 가며 그날을 생각한다. 빨갛게 물들어가는 단풍을 질투한 듯 그날은 가을비가 촉촉하게 내렸지만 우리는 제1회 한탄강 전국 백일장과 시 낭송 그리고 캘리그래피를 체험하러 종자와 시인 박물관으로 향했었다.

사실 우리는 시 낭송을 공부하는 마음 소리 공동체이다. 그래서 주목적이 시 낭송 관람과 체험이었지만. 그날은 백일장 이야기 항아리에 흠뻑 빠져 헤어 나오지 못하고 썼다가 지우고, 썼다가 지우고…. 매우 긴 시간을 백일장과 고민하고 즐겼었다.

나는 한탄강 주변의 식물들이 생태교란 식물에 의해 고통받는 것을 알고 있었다. 한탄강 주변의 식물과 나무들의 평화를 갈구하고 있던 터에 평화라는 시제가 심장에

꽂혀 생태교란 식물인 가시박을 없애고 나서 평화가 찾아와 방긋 웃는 한탄강을 상상하며 평화를 노래했다.

욕심 없이 즐긴 제1회 한탄강 전국 백일장 대회에서 최우수상을 받으니 개인적으로 매우 커다란 영광입니다. 앞으로도 더 많은 사람들과 자연을 치유할 수 있는 시를 쓰겠습니다. 감사합니다.

■ 일반부 운문 부문 우수상

친구

전청희

삶은 슬프고도 아름다운 강물이라고 생각했습니다
그 강물에 기다림의 꽃들이 앞다투어 피어나거나
그리움의 돛단배가 오고 갈 때
삶이란 끊임없이 흐르는 강물의 흐름이라고
강물에 새기는 물무늬 같은 것이라고
길고 긴 외로움을 함께 다잡곤 했던 시절

펄떡이는 물고기 같던 마음
미워하고 서운하던 마음
눅눅하고 습기 찼던 마음
그 시절을 회상합니다

그 세월에서 너무 흘러온 저를 봅니다
이제는 물결음도 일으키지 않는
이순의 강변을 천천히 걷습니다
우리가 함께했던 그곳에 물봉선은 지고 없지만
건너편 언덕에는 구절초가 참 예쁘기도 합니다

● 수상 소감

하늘에서 내리는 빗소리가 청아했던 날, 뜻깊은 상을 받게 되어 너무나 가슴 벅찹니다. 미흡한 글인데 과분한 상을 주셔서 다시 한번 감사의 말씀을 전합니다.

빗소리를 들으며 두 손을 가슴에 모은 채 한참 동안 앉아있었습니다. 가슴 속에 그리운 것이 가만가만 걸어 들어와 자박이는 발자국 아래 살며시 놓여있었습니다. 살며시 놓인 그리움은 도도한 몸짓으로 강물 따라 융융히 흐를 뿐이었습니다. 흐르는 세월의 강물 따라 걷다가 기억의 빗장을 열고 함께했던 그날들을 천천히 회람했습니다. 기억의 창고 오롯이 들어내어 고개를 드니 가을비가 마냥 세차게 쏟아졌습니다. 가을비 그치고 나면 가을빛이 무르익어 가겠지요. 먼 산, 가까운 산들은 지치도록 푸른 녹음의 옷들을 갈아입겠지요. 가을빛이 마냥 스며들겠지요.

가을이 더욱 깊이 스미는 날 그리운 친구 만날 수 있었으면 좋겠네요. 제일 우아한 옷을 차려입고, 스카프도 날리며…. 그리운 친구와 섰다가, 달리다가 쉬면서 숨을 고르는 그 날은, 완벽한 행복이었습니다.

감사합니다. 종자와 시인 박물관의 무궁한 발전을 기원합니다.

■ 일반부 운문 부문 우수상

용서

최성자

가을이 밤을 따라
가시를 달고 왔네
밤꽃이 피어날 때
날 두고 가신 임아
온 산을
뒤덮은 밤꽃
가슴시린 응어리

소슬한 바람 부니
묻어 둔 기억 우네
애써서 외면하니
비집고 나온 사랑
밤송이
익어 떨어진
임의 사랑 무덤가

● 수상 소감

비가 내리는 새벽, 충주에서 연천 가는 거리는 멀었지만 종자와 시인 박물관이 주는 편안함과 지난해, 이맘때 보았던 한 아름 핀 메리골드가 기쁘게 맞이해 줄 것 같은 설레는 마음에 며칠 전부터 마음이 들떠 있었다. 한적한 새벽 시간이라 생각에 몰두하며 달리다 보니 단숨에 도착한 것 같은데, 가는 내내 부모님 생각을 했다.

여기저기 우거진 밤나무들을 지나쳐 가다 보니 몇 해 전 돌아가신 아버지와 세상에서의 긴 작별을 하고 돌아선 그 산자락에도 밤나무에 밤꽃이 잔뜩 피어 있었던 생각이 났다. 병원에 계시다 증세가 호전되어 가족여행까지 다녀오시고 난 뒤 일주일 만에 급격히 병세가 악화되어 가셨으니, 평소 하시던 말씀이 가족에게 남겨진 유언이 되었고, 평생에 어머니 손이라도 잡아야 주무시던 분이 한마디 인사의 말씀도 없이 떠나셨다. 어머니는 버림받은 것 같다고 말씀하시며 수시로 눈물 바람하며 힘들어하셨다.

아버지 원망스러워 계신 곳 가고 싶지 않다고 하시더니 올해는 '찐 밤 좋아하시던 양반, 아버지 계신 산어귀에 있는 밤이나 따오자' 하신다. 혼자 두고 가신 원망보다 함께 했던 날들의 애틋한 기억으로 사시고 계시다 이제 찾아갈 용기가 생기신 것이리라. 내내 이런 생각에 잠기며 도착한 백일장 장소 종자와 시인 박물관에서, 주운 밤이라며 건네신 어느 시인님의 손길을 따뜻하게 느끼고 있던 터에 백일장 글제에 용서란 단어를 보니 울컥해진다.

날 버리고 가신 임 용서하기 아니, 임 두고 가시는 임의 발걸음은 얼마나 아팠을까… 나는 지금도 눈물이 난다.

아마도 이 수상소감은 어머니께 보여드리지 못할 것 같다.

■ 일반부 운문 부문 장려상

친구야 고마워

이명주

꽃바람 살랑살랑
너와 나 숨 고르기
뭉쳐서 가라앉은
마음을 풀어내고
고마워 기억해 줘서
꼬불꼬불 인생길

속마음 눈물 고백
따뜻이 품어 안고
또 다른 추억 하나
맘속에 심어놓네
서로를 바라본 눈빛
살갑고도 정겹다

■ 일반부 운문 부문 장려상

용서의 강

서진우

언제부터였을까
흐르는 강물은
성난 뜨거움을 시원하게 식혀서
그 자리에 조각조각 새기었고
새겨진 조각들은
강물의 깊이를 유유히 더해주었네

오늘도
속시원하게 무구해진 조각들 사이에
식혀질 두려움도 벗지 못한
뜨거운 덩어리 하나
조심스레 강물에 담굽니다

■ **일반부** 운문 부문 장려상

용서

이경민

너무 많이 쌓였던
욕심 시기 질투 미움 오해
용광로에 태워 보내는
내 영혼에 사랑 꽃 가꾸며
행복해하는 내가 참 좋다

헐벗을까 분간 없이 사 입었던 의상
식욕에 어두워 젓갈 한 번 더 가던 손
이젠 건강만 생각하라 가르치는 나이
서럽기도 하는데
소중한 인연 곁에 두고
너는 나를 용서하며
사랑만 남은 줄
연습 없는 인생시
마음 밭에 있는 것을

■ 일반부 운문 부문 장려상

세상 끝에서 만난 친구

문지은

비가 오는 날에는 동행해 주는
우산이 나의 친구가 되고
햇살 좋은 날 길가에 핀
코스모스가 나의 친구가 된다

깊은 숲속 오솔길 거닐다
부딪히는 돌의 맑은 소리가
적막함을 깨워주는 친구가 되어주고
청량하게 지저귀는 새들도
말을 걸어준다

봄 새싹 돋아나는 싱그러움이
설렘이라는 친구를 선물해 주고
여름 뜨거운 태양볕 아래
스치듯 지나가는 바람이 지친 나를 토닥여 준다

가을 떨어지는 낙엽 위를 걷는
바스락 잎사귀 소리가 귀를 간지럽히고
겨울 소복이 쌓인 눈 사이로
붉게 핀 동백꽃 한 송이가
나를 알아봐 달라며 인사를 건넨다

삶은 외로이 홀로 살아가는 곳 같지만
혼자가 아닌 세상의 모든 것들과
함께인 친구다 된다.

■ 일반부 운문 부문 장려상

둘레길 그림 친구

신순희

그저 그냥 그렇게
살아왔을 뿐인데
마음속에 길을 내는 사람

나도 모르는 사이에
누구와 동행하고 있어서
내가 모르는 사이에
그대가 동행하고 있어서

갈림길 지름길이
무수하게 많아도
지루하지 않을 둘레길

가만가만 백조 걸음
두런두런 홍학 걸음

화사하게 핀 들꽃 사이로
아픈 길 동행하기에
참 좋은 벗이여

■ 일반부 운문 부문 장려상

단짝 친구

양승연

횡단보도 앞에 선 두 사람
신호가 바뀌기를 기다린 듯
친구가 나를 안는다
무언의 짧은 포옹이었지만
느낌으로 전해오는 조용한 흐느낌

어색할까 눈 마주침 외면하고 돌아서는데
메아리처럼 들려오는 소리
사랑해
그 한 마디에 겨우 버티고 섰던
무릎이 꺾였다

버스가 떠난 빈 공간에
손을 흔들며 뒤늦은 배웅을 홀로 하고

돌아오는 길
서러움의 눈물이 쏟아져 내렸다

세상 둘도 없는 단짝 잃을까
노심초사 밤잠 설쳐가며
먼 길 달려와 준 친구에게
미소 아닌 눈물 보인 것에 대한
미안함과 속상함이 가시지 않았다

머리맡에 두고 간 꽃 봉투에서
지난 날 단둘이 활짝 웃던 사진 한 장과
작은 손 편지가 나왔다
“그 어느 때보다 더 너를 응원해”
전신에 누워있던 세포들이 벌떡 일어났다

부록 2

연천 한탄강 관련 예술작품 모음

이 자료 중 연천 한탄강 관련 노래모음과 문학작품 모음은 2015년 대진대학교 이병찬 교수님이 행정안전부의 의뢰를 받아 조사한 『접경지역 한탄강 인문자원 발굴 보고서』(2015년 10월)에 수록된 한탄강 관련 예술작품 자료 중 고전문학과 현대문학 부분의 일부를 발췌한 것이다.

사진 자료는 연천예총(회장 이종희)의 도움으로 (사)한국사진작가협회 연천지부에서 제공한 "연천관광전국사진공모전" 수상작품이며, 미술작품 자료는 연천군청에서 제공한 한탄강 관련 화가의 작품을 게재한 것이다.

1. 연천 한탄강 관련 노래 모음

말 없는 한탄강

작사 한산도, 작곡 고봉산, 노래 이미자

속 시원히 시원히 한탄강아 말해다오
어느 때면 내 고향에 마음에도 가려나
바람도 저 구름도 넘나드는 고향길
어이해 못가라고 길을 막은 철조망
그 사연을 물어봐도 한탄강은 말이 없네

바른대로 그대로 한탄강아 말해다오
버리고 온 내 고향은 그 얼마나 변했나
어제도 꿈속에서 찾아가 본 고향길
아무리 살펴봐도 간 곳 없는 어머님
그 사연을 따져 봐도 한탄강은 말이 없네

한 많은 한탄강

작사 작곡 이인권, 노래 이미자

한 많은 한탄강에 한을 두고 가는 님아
물버들 살찌거든 소식 한 장 전해주소
억만년 굽이치는 이 강물 위에
해마다 슬피 우는 이별 많아도
날같이 서러운 이별이 또 있더냐

한 맺힌 한탄강에 한을 남긴 그 사람아
애탄강 굽이치는 그 물결을 원망마라
달 밝은 나루터에 홀로 앉아서
무정한 님 그리워 님이 그리워
외로이 찾아온 한 많은 한탄강아

눈물의 한탄강

작사 작곡 정준희, 노래 송춘희

북녘땅 고향 산천 강 건너 보이는데
구름만이 좇(넘)는구나 건너(느)지 못하는 강
해저문 강가에는 물새도 우는데
언제나 건너가니 배 한 척 없는 강
아~아 눈물의 한탄강
두고 온 내 가족 강 건너 있다마는
휴전선이 원수더(드)냐 건너(느)지 못하는 강
한많은 철조망엔 궂은 비 오는데
사공은 어데 갔나 배 한 척 없는 강
아~아 눈물의 한탄강

한탄강

작사 작곡 장현준, 노래 신동화

1. 동산에 꽃피던 한탄강 변에
조약돌로 물장구치던
그 시절이 그립구나
송아지 풀 뜯던 고향
산천을 부르면 메아리도
구슬프게 우는구나 아~
고향의 이 소식을
한탄강아 전해주오

2. 흰 구름 흘러가는 한탄강 변에
하염없는 세월 속에
꽃은 피고 또 지건만
부모 형제 소식은 없네
산천을 부르면 메아리도
구슬프게 우는구나 아~
애타는 이 마음을
한탄강아 전해주오

연천 부르스
노 을— 진—— 한 탄— 강
물 결— 을— 따— 라—
첫 사— 랑
달 빛 아 래
고 랑 포 구

연천 부르스

작시 최병용(연천보건의료원 원장)
작곡 이영만(은평치과 원장)

1.
노을진 연 강
물길을 따라

그대와 손잡고
거닐던 나룻배 마을

군자산 재인폭포
그대로인데

달빛 아래 맺은 사랑
바람인가 구름인가

고랑포구 두루미만
구슬피 우네

아~
잊시 못할 연천 부르스

2.

노을진 한탄강
물길을 따라

첫사랑 손잡고
거닐던 전곡리 유적

군자산 재인폭포
그대로인데

달빛 아래 맺은 사랑
바람인가 구름인가

고랑포구 물새만
구슬피 우네

아~
잊지 못할 연천 부르스

2. 연천 한탄강 관련 문학작품 모음

연천(漣川) - 사가집보유(四佳集補遺)

서거정(徐居正)

滑滑春泥怯馬蹄(활활춘니겁마제)
 봄 진흙탕 길 미끄러워 말도 가기 겁나는구나
楊州行路互高低(양주행로호고저)
 양주에 오는 길 울룩불룩 높고 낮고 하여라
大灘已怕氷猶薄(대탄이파빙유박)
 한탄강에선 얼음이 외려 얇은 걸 겁냈더니
諸嶺回看雪尙齊(제령회간설상제)
 돌아보니 여러 산봉엔 눈이 아직 가득하구나
破帽輕裘增料峭(파모경구증료초)
 해진 모자 얇은 옷이 봄 추위를 더하여라
宦精羈思轉淒迷(환정기사전처미)
 벼슬 정황 나그네 생각이 처량하기만 하네
漣川客館依山靜(연천객관의산정)
 연천의 객관은 산을 의지하여 고요한데
欹枕高眠日向西(의침고면일향서)
 베개 베고 편히 누워서 석양에 이르렀네

* 서거정(徐居正) : 조선전기의 학자(1420~1488), 호는 사가정(四佳亭)

도대탄(渡大灘 : 한탄강을 건너다)

김시습(金時習)

渡口波淸淺(도구파청천) 건널목의 물결은 맑고 얕아

臨流可數魚(림류가수어) 흐름 보니 고기를 셀 수가 있네

江山初霽後(강산초제후) 강산은 비로소 비 개인 뒤요

風月九秋餘(풍월구추여) 풍월은 한 가을이 다 된 나머지라

葦岸漁舟穩(위안어주온) 갈대 언덕엔 고깃배가 평온하고

山城古木疏(산성고목소) 산성엔 고목들이 등성하구나

前程何處是(전정하처시) 앞으로 갈 곳은 어디메가 그곳이냐

桑柘暗村墟(상자암촌허) 뽕나무가 동리에 무성한 곳이네

* 김시습(金時習 1435-1493) 조선초기의 문인, 학자이자 불교 승려. 김시습이 관동일대를 유람하고 돌아오기까지 과정을 시로 작성한 시집 매월당 시집 10권에 소재하고 있다.

겨울 한탄강

이돈희

무너질 듯 버티고 있는 주상절리(柱狀節理)에서
고독에 울던 부엉새 슬픈 메아리도
얼어버렸다

결빙을 거부한 강물이
얼음장 밑을 흐르며
동안거에 든 수도승처럼
중얼거린다

휴전선 지나올 때
수중 가시 철책에 할퀸
차가운 상처를 아물리며
침묵하던 강이
잘못 지어진 이름을 한탄한다

한탄강漢灘江
한탄강恨歎江

겨울에도 얼지 않는
서역 창해를
그리워하며

한탄강 간이역

이도희

철마도 강이 좋아
잠깐 쉬어 가는 역

한 그루 소나무는 없어도 좋다

갈대와 쑥부쟁이
쥐똥나무 울타리가 역무원이다

철 가지에 앉아 세월을 조리질하는
딱새 한 쌍이 씨그널이고
강바람이 승객이다

나그네 환송과 환영은
물새들 몫이다

혼자 사는 실향 노병의 고향이다

고독을 먹고 사는
한 여인의 추억이자 기다림이다

지뢰꽃

정춘근

월하리를 지나
대마리로 가는 길
철조망 지뢰밭에서는 가을꽃이 피고 있다

지천으로 흔한
지뢰를 지긋이 밟고
제 이념에 맞는 얼굴로 피고 지는
이름 없는 꽃

꺾으면 발밑에
뇌관이 일시에 터져
화약 냄새들 풍길 것 같은 꽃들

저 꽃의 씨앗들은
어떤 지뢰 위에서
뿌리 내리고
가시철망에 찢긴 가슴으로
꽃을 피워야 하는 걸까

흘깃 스쳐가는
병사들 몸에서도
꽃 냄새가 난다

한탄강(漢灘江) 소묘

문한종

오늘도 강물은 유유히 흐르건만
강둑 언덕배기는
아직도 북받치는 설움을 달랜다
이 저쪽 눈 돌리면 바라뵈는 군부대
산기슭 곳곳마다 군 참호로
구멍마다 내민 총구가 누구를
얼마나 바라보고 겨냥할 것인가
삼 번 국도의 차량 물결이
경원선 열차의 터질 듯
실려 가는 관광객이
원산 명사십리에서
해당화에 도취되고
동해의 넘실대는 푸른 물결을
함성으로 끌어안고
춤추며 노래 부를 날을
언제 어디서 어느 누가 풀 것인지
정말로 풀림이 오겠는지
아직은 풀리지 않는 수수께끼구나

돌밭에 갔다가

이아영

한탄강 물살을 차갑게 헤치고
돌밭을 걸으며 종일토록
허공(虛空)만 쳐다보다 공(空)을 쳤다
어느 화가의 '장미 가든'에
장미는 한 송이 없듯이
산수도 없고 호수도 없다
무무(無無) 주문을 외우다
색계(色界)에 걸린 나
붉은 노을 고개 숙인 구릉에서
소피보는 엉덩이를 훔쳐보는 놈
내 손그물에 걸렸다
돌아오는 길, 명석(名石)이라
이것이 공즉시색(空卽是色)입니까?
텅 빈 바랑 속에 작은 물개 한 마리
사지를 펄떡이며 그대 등줄기
피돌기가 한창이다. 꽃물이 든다

마지막 열차를 보내고

이원용

너는 경원선 한탄강역에서
눈물 흘려 본적 있느냐
마지막 표 던져지면 개찰구 문이 잠기고
허황한 강둑에 서서
강 건너 불빛이 잠긴 여울에 마음을 던져
흐느끼는 소리 들어 보았느냐

세월이 가면 잊혀질 지 모른다 해도
진저리치도록 괴로웠을 이념의 푯대 끝에서
북녘이 보이는 곳으로 기차는 가다 멈췄다

울지 마라. 울지 마라
동포들의 울음소리 들리느냐
전상의 혼으로 남은 이별의 손들이
흔들어 주는 소리 들리느냐

승강장 아래에는 강물이 흐르고
별빛도 흐른다

북에서 떠나 남으로 돌아
임진이 만나 경계를 건드리며 서해로 가면
그곳에는 모두 모였을 게다
살아있는 혼 한 많은 아우성들이
다 모였을 게다

북에서 오는 물살이 차다
승강장 불빛도 응얼대며 밤새도록 흐른다
아픈 메시지들이 흘러간다

* 임진이 : 임진강

한탄강의 침묵

신경순

무엇을 남기고 떠나왔기에
저리도 빈 모습을 하고
돌아와 앉아서 떠날 줄 모르나

굽이쳐 흐르는 강물은
떠밀려 내려온 젊음을
잠시 멈추게 하고
저리도 숨죽이는 침묵을 만드는가

밀려오는 물줄기에 비켜서지 못하고
끝없이 표류하다
잠시 뒤돌아본 물살

동글동글해진 자갈 틈에
아직도 각을 이룬 돌멩이 하나
시린 강바람만
야속한 물소리를 달랜다

저 강은 알고 있다

신광순

용서란 고장난 저울에 달아야만 한다
잘잘못은 정확한 저울에 달아
상대방을 용서할 수는 없다
용서란 상대방을 향해 기울어진
고장 난 저울에 달아야만 가능하다

저 강은 알고 있다
내가 얼마나 많은 세월을
애증의 강가에서 서성였는지를 …

저 강은 알고 있다
이 작은 가슴에
증오의 덩어리가 너무 커서
나를 태우고 갈 배가 없었다는 것을…

저 강은 알고 있다
내가 지고 있는 짐이
얼마나 무거웠는지를…

침묵 속에 떠내려간 애정의 세월

신광순

한탄강 강가에서
둥글둥글해진 자갈을 보면 흉터가 보이고
작은 모래알을 보면 침묵의 세월이 보인다

작은 문을 통과하려면
고개를 숙이고 들어가야 하는데
문지방에 걸려 넘어진 것은 실수였고
같은 데서 두 번 걸려 넘어진 것은
나의 부주의였다

정말 말없는 침묵은
자갈이나 모래알처럼 눈에 보이지 않고
물살에 깎여 떠내려간 상처였다

정말 소중한 것은
침묵의 세월에 떠내려간
흔적도 없는 애정이 세월이었다

한탄강 합수머리

신광순

신달리 지나 청산 아우라지
작은 흐름 둘이 모여 하나 되어 흐르는 곳
고문리 사격장 굴막사를 지나
절망의 불은등에서 흘러내린 기다림은
재인폭포에서 떨어진 물과 통증을 달래며
불탄소를 거쳐 합수머리에 이르면
순백의 희망이 되어 하나 되어 흐른다

임이여!
저 강은 알고 있습니다
깊고 먼 기다림의 뿌리가 어디서부터인지를

임이여!
절망으로부터 시작된 과거의 흐름은
우리의 기다림만큼이나 애절한 깊이가 있습니다

임이여!
당신의 긴긴 기다림을 위로하며
오늘밤 새도록 꽃뿌림을 합니다
더 큰 하나 됨을 위하여…

* 아우라지 : 어우러진다는 뜻으로 두 물줄기가 하나의 강을
이루는 데서 유래된 말
* 합수머리 : 두 갈래 이상의 물줄기가 한데 모이는 곳의 가장자리

3. 연천 한탄강 관련 사진 작품 모음

▲ 장동식 - 주상절리

▲ 이경희 - 동이대교 황금 들녘

▲ 이태곤 - 호루고루성

▲ 김태현 - 한탄강 일몰

▲ 정준재 - 국화전시장 풍경

▲ 이선우 - 군남댐

▲ 권명학 - 베개용암

▲ 송대건 - 주상절리

▲ 박종환 - 재인폭포에서

▲ 정채인 - 신탄리의 추억

▲ 이수경 - 동이대교 풍경

▲ 유빛나 - 주상절리

▲ 최임순 - 38선

종자와 시인
박물관

4. 연천 한탄강 관련 미술 작품 모음

▲ 이태수 - 재인폭포

▲ 이태수 - 좌상바위와 한탄강

▲ 이태수 - 차탄천 협곡

▲ 이태수 - 주상절리

■ 제2회 한탄강문학상, 제1회 한탄강전국백일장대회

제2회 한탄강문학상 수상작품집

초판인쇄 2022년 10월 29일
초판발행 2022년 10월 29일
펴 낸 곳 종자와 시인박물관
펴 낸 이 신 광 순
발 행 처 도서출판 글벗
출판등록 2007. 10. 29(제406-2007-100호)
주 소 경기도 파주시 와석순환로 16, 905동 1104호
(야당동, 롯데캐슬파크타운)
홈페이지 http://guelbut.co.kr
http://cafe.daum.net/geulbutsarang
E - mail juhee6305@hanmail.net
전화번호 031-957-1461
팩 스 031-957-7319
정 가 10,000원

ISBN 978-89-6533-231-2 03810

* 이 책은 연천군의 후원을 받아 제작되었습니다.